UN DÍA DE NIEVE

EZRA JACK KEATS

UN DÍA DE NIEVE

PUFFIN BOOKS

PUFFIN BOOKS
Published by the Penguin Group
Penguin Putnam Books for Young Readers,
345 Hudson Street, New York, New York 10014, U.S.A.
Penguin Books Ltd, 27 Wrights Lane, London W8 5TZ, England
Penguin Books Australia Ltd, Ringwood, Victoria, Australia
Penguin Books Canada Ltd, 10 Alcorn Avenue, Toronto, Ontario, Canada M4V 3B2
Penguin Books (N.Z.) Ltd, 182-190 Wairau Road, Auckland 10, New Zealand
Penguin Books Ltd, Registered Offices: Harmondsworth, Middlesex, England

The Snowy Day, first published in the United States of America
by The Viking Press, 1962
This Spanish-language edition published in Picture Puffins, 1991
49 50 51 52
Copyright © Ezra Jack Keats, 1962
Translation copyright © Viking Penguin, a division of Penguin Books USA Inc., 1991
All rights reserved

LIBRARY OF CONGRESS CATALOG CARD NUMBER: 90-50852

Manufactured in China
Set in Bembo

A Tick, John, y Rosalie

Una mañana de invierno Peter se despertó
y miró por la ventana. Había caído nieve
durante la noche. Todo estaba cubierto
hasta donde le alcanzaba la vista.

Después del desayuno se puso el traje para la nieve y salió corriendo a la calle. La nieve estaba apilada muy alta a lo largo de la acera para que la gente pudiera caminar.

Crac, crac, crac, sus pies se hundieron en la nieve.

Caminó con las puntas de los zapatos hacia afuera, de esta

manera:

Caminó con las puntas de los zapatos hacia adentro, así:

Después arrastró sus pies l-e-n-t-a-m-e-n-t-e para dejar surcos.

Encontró algo que sobresalía de la nieve
y que también dejaba un surco.

Era un palo—

—un palo perfecto para golpear
un árbol cubierto de nieve.

¡Plaf!
Cayó la nieve
sobre la cabeza de Peter.

Pensó que sería divertido jugar con los niños más grandes que se estaban lanzando bolas de nieve, pero él sabía que todavía era muy pequeño; mejor esperar.

Y en cambio hizo un muñeco de nieve que sonreía

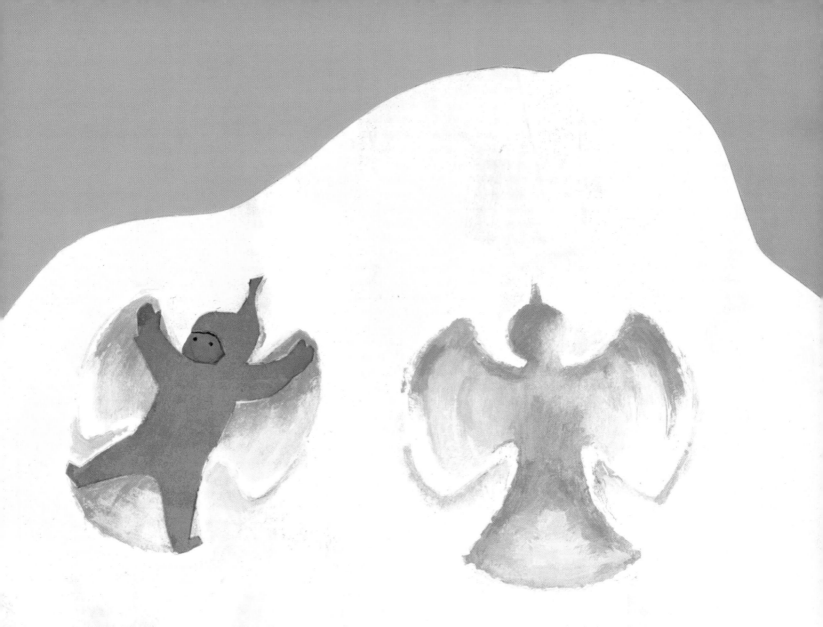

y luego ángeles en la nieve.

Se imaginó que
era un alpinista.
Escaló una enorme, alta
y gigantesca montaña de nieve . . .

y se deslizó hacia abajo.

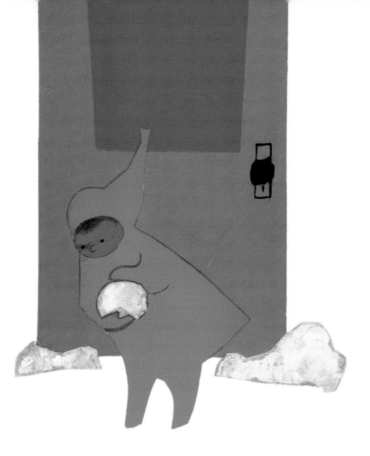

Juntó un puñado de nieve y luego otro y otro más.
Los apretó con fuerza, formó una bola y se la guardó
en el bolsillo para usarla al día siguiente. Después
volvió a su cálido hogar.

Le contó todas sus aventuras a su mamá mientras
ella le quitaba las medias mojadas.

Y pensó y pensó y pensó
en todo lo que había hecho.

Antes de irse a la cama buscó en el bolsillo.
Su bolsillo estaba vacío. La bola de nieve
ya no estaba allí. Se sintió muy triste.

Se durmió y soñó que el sol
había derretido toda la nieve.

Pero cuando se despertó, su sueño había desaparecido.

La nieve seguía cubriéndo todo.

¡Y estaba nevando otra vez!

Después del desayuno, llamó
a su amigo que vivía enfrente
y juntos fueron a caminar
por la nieve cada vez más
profunda y silenciosa.